ATELIER

A. DE NEUVILLE

PARIS — 1886

EXEMP[illegible]

Atelier

A. de Neuville

CATALOGUE

DES

TABLEAUX

AQUARELLE ET DESSINS

ARMES DE GUERRE

Coiffures militaires et Pièces d'armement

PROVENANT DE L'ATELIER

A. DE NEUVILLE

PRÉCÉDÉ D'UNE NOTICE

PAR

Gustave GŒTSCHY

PARIS

IMPRIMERIE Vve RENOU ET MAULDE

144, rue de Rivoli, 144

1886

VENTE

Les Mercredi 5 et Jeudi 6 Mai 1886

A DEUX HEURES

8, RUE DE SÈZE, 8

(Galerie GEORGES PETIT)

COMMISSAIRES-PRISEURS :

Me P. CHEVALLIER
rue Grange-Batelière, 10

Me E. ROUSSEAU
rue Richer, 19

EXPERTS :

M. GEORGES PETIT
rue Godot-de-Mauroi, 12

M. CH. MANNHEIM
rue Saint-Georges, 7

Chez lesquels se trouve le Catalogue

EXPOSITIONS

8, RUE DE SÈZE, 8

PARTICULIÈRE : le Lundi 3 Mai 1886

PUBLIQUE : le Mardi 4 Mai 1886

DE UNE HEURE A SIX HEURES

ORDRE DES VACATIONS

Mercredi 5 Mai 1886

Tableaux et Études.................... De 1 à 189

Jeudi 6 Mai

Aquarelle, Dessins, Armes, Coiffures militaires et Pièces d'armement...... De 190 à 386

NOTA

Chaque Tableau, Étude, Dessin de A. de Neuville, non signé, a été marqué, suivant sa dimension, de l'une des estampilles ci-dessous :

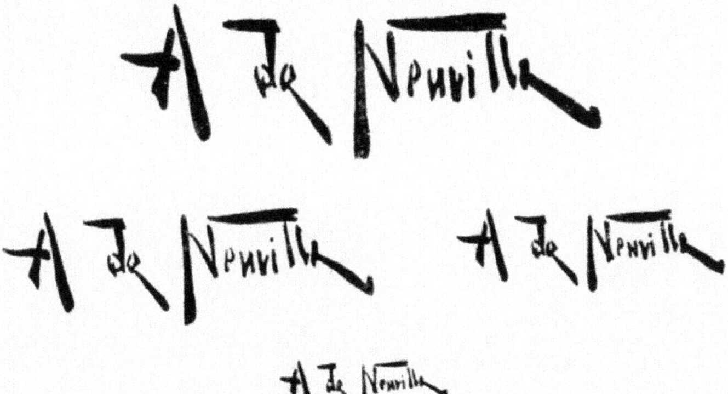

amais je n'ai franchi le seuil de l'atelier d'Alphonse de Neuville, aux temps regrettés où sa loyale et souriante amitié m'y faisait accueil, sans ce petit frisson de plaisir que donne à l'amateur d'art l'espoir de contempler bientôt, dans sa nouveauté, quelque œuvre émouvante et belle.

Jamais, non plus, cet espoir ne fut déçu. Connaissant, en effet, tout le prix du temps pour l'avoir — hélas ! — dépensé trop de fois sans profit, désireux, par conséquent, de ne pas distraire indiscrètement l'artiste de son travail, je le visitais de loin en loin seulement et le plus souvent après qu'il m'y avait convié pour « me montrer », comme il disait « quelque chose de nouveau ».

Il suffisait, d'ailleurs, qu'on le sût à Paris, pour être assuré de le rencontrer devant son chevalet, fiévreusement occupé de ce « quelque chose de nouveau » qui devait s'appeler plus tard, d'un nom de tableau glorieux : le *Combat sur la voie ferrée*, le *Bourget*, *Saint-Privat*, *Villersexel*, la *Porte de Longboyau*, les *Dernières Cartouches*, avec lesquelles il avait fondé sa renommée, le

Parlementaire, où s'est dépensé, pour la dernière fois, son incomparable talent de peintre militaire.

Il vivait retiré, tout à son labeur, heureux de goûter, sa journée finie, les douceurs reposantes du chez soi, ayant fait deux parts de sa vie et les consacrant, du même cœur, l'une à son art, l'autre à celle qui fut la compagne dévouée de ses mauvais et de ses bons jours, son conseiller le meilleur et le plus sûr, sa plus fidèle et sa plus chère affection.

Sitôt qu'après avoir montré patte blanche on était introduit dans l'atelier, toujours cordial et d'aimable accueil il venait à vous la main tendue, puis, vous ayant souhaité la bienvenue il s'en retournait à son tableau. Sans s'arrêter de peindre il vous en disait le sujet, sujet emprunté d'ordinaire aux événements sanglants de l'année terrible. Et pendant qu'il parlait, énumérant par le menu tous les incidents du combat, citant les noms de ceux qui s'y étaient particulièrement signalés, exaltant leur bravoure, évoquant le souvenir de leurs efforts héroïques et de leurs inutiles exploits, on oubliait le temps à contempler l'œuvre et l'on revivait, devant elle, et les mornes désespoirs et les misères inoubliables de ce douloureux passé.

C'est, au reste, à cette admirable faculté qu'il avait *d'émouvoir*, que de Neuville a dû sa renommée tout d'abord. Elle est la caractéristique de son génie; c'est elle qui, d'emblée, l'a rendu populaire. Faculté peu commune et qu'on s'efforcerait aussi vainement d'enseigner que d'acquérir, attendu qu'elle est un don natif et comme un état de l'âme.

L'artiste en de Neuville se doublait d'un poete. Il n'était pas seulement un peintre puissant et sincère, un dessinateur savant, habile, jusqu'au prodige; il était encore et par dessus tout, un émouvant conteur. Je ne crois pas qu'aucun écrivain, chez nous, ait publié jusqu'ici, sur la lutte franco-allemande, un ensemble de récits égal en intérêt et en importance à la belle série de ses tableaux militaires. Ils sont, à la fois, d'irreprochables œuvres d'art et de précieux documents. En même temps qu'ils content la guerre et sa stupide horreur, — les troupiers enguenillés suant la fièvre et crevant la faim, les blessés hurlant d'angoisse et suppliant qu'on les achève, et les morts qui fixent le ciel de leurs yeux éteints — ils font aussi l'histoire de la bataille, avec plans, enquêtes, et tout le reste à l'appui.

Le renseignement qu'ils fournissent est exact, indiscutable et précis. Avant de s'entreprendre à son sujet, le peintre a jugé bon d'exercer son contrôle en personne : il a visité l'endroit où s'est donnée la bataille, il a fait jaser les commères et payé la goutte aux autorités : de son voyage, il a rapporté des études et des croquis en grand nombre et souvent, comme pour les *Dernières Cartouches* ou pour le *Bourget* — par exemple — les combattants eux-mêmes ont posé devant lui.

De quel secours sera plus tard à l'historien militaire égaré parmi les contradictions, dérouté par la diversité des récits, l'œuvre d'Alphonse de Neuville, après surtout que la main de l'homme aura modifié l'aspect des lieux ou que, vestiges et souvenirs, le temps, dans sa course, aura tout emporté! Quel aliment puissant elle pourra fournir à son inspiration et à sa pensée! De quel prix les paiera-t-on, des années écoulées, ces fiers poèmes de la guerre où l'artiste s'est entrepris, de tout son talent et de toute son âme, à nous refaire de la gloire avec nos défaites, et qui perpétueront le souvenir de l'héroïsme et de la stoïque résignation des vaincus! Et quelle valeur ils acquerront aussi, dans l'avenir, tous ces petits tableaux d'un dessin si franc et d'une si franche coloration, qui furent comme les confidents des projets du peintre et sur lesquels le vent des enchères va souffler, les dispersant à tous les coins du monde!

Au temps où il s'occupait, de concert avec Édouard Detaille, à brosser le panorama de Rezonville, je reçus, un matin, de l'auteur du *Bourget*, un mot, m'invitant à venir visiter l'œuvre, avant son départ.

Les deux amis avaient fait construire à une enjambée de la porte d'Asnières, un vaste atelier où, tous deux, ils venaient travailler à l'aube. Ils le quittaient vers midi, pour s'en aller déjeuner dans un cabaret du voisinage; et c'est là que je devais les rejoindre. On se disposait à nous servir un élégant dessert qu'accompagnait une bouteille de vieux Suresnes, lorsqu'on vint avertir de Neuville, que trois messieurs, dont on lui remit les cartes, exprimaient le désir de visiter le panorama. Les trois Messieurs étaient : le général Bourbaki, le général du Barrail et un général de cavalerie dont je n'ai pas conservé le nom.

Nous achevons de déjeuner en hâte, nous rejoignons les trois visiteurs et nous voilà tous gravissant, à la queue-leu-leu, l'étroit escalier qui conduisait à la plate-forme. En y atteignant, le général Bourbaki qui menait le défilé, ne put se défendre d'un peu de saisissement. Devant lui, reproduit dans tous ses détails avec une miraculeuse exactitude et une surprenante fidélité, se déroulait le champ de bataille de Rézonville.

Ce fut au tour de ses collègues à s'extasier après lui. L'on reconstitua, de point en point, l'histoire du combat. De Neuville et Detaille énuméraient, tour à tour, et les noms des villages et les numéros des régiments. Pas un coin de la vaste toile où tout ne fût en sa place, et pas la plus mince erreur à relever! Les troupes évoluaient dans leur ordre et les portraits criaient la ressemblance. Un instant le général de cavalerie parut soucieux : Il cherchait sa brigade. De Neuville la lui fit apercevoir dans le lointain du tableau, grande au plus comme la main, exactement à l'endroit qu'elle avait occupé — tout en s'excusant, avec un sourire, de n'avoir pas pu faire mieux, par égard pour la vérité.

Tout à l'heure, j'ai dit d'Alphonse de Neuville qu'il avait le don de l'*émotion*. Il est deux maîtresses-qualités qu'il possédait encore : le Mouvement et la Vie.

Jadis, il lui était échu le rare bonheur de passer des heures entières auprès d'Eugène Delacroix. Le maître, avec lui, se détendait de sa morgue coutumière. Ce bout d'homme de vingt ans, tout nerfs, à l'œil ardent, à la parole brève, en qui flambait une opiniâtre vocation, avait su l'intéresser. Il y avait entre eux une parenté d'art. D'abord, il l'avait accueilli avec intérêt, puis il s'était, peu à peu, pris d'attachement pour lui. Il le conseillait, il le sermonnait, il souffrait qu'il lui soumît ses études, il consentait même à travailler devant lui.

Parmi les avis qu'il avait accoutumé de lui donner, il en était un qu'il aimait à répéter, et de Neuville, de retour chez lui, s'efforçait à s'y conformer de son mieux : « Rappelez-vous, disait Delacroix, que le dessin du mouvement l'emporte et de beaucoup sur le dessin de la forme ». En ces temps, l'auteur du *Parlementaire* travaillait à l'atelier Picot. Il y avait colporté la phrase ; on la redit après lui, si bien qu'elle parvint un jour aux oreilles du maître ; il rougit, blêmit et sa vieille âme académicienne en fut tout offusquée.

Pour de Neuville, il avait tenu compte du précepte et dès son premier tableau, la *Batterie Gervais*, il se révélait comme un artiste original et puissant.

Ces deux qualités se développèrent vite en lui ; l'obligation où il fut de se faire illustrateur, pour vivre, en vint encore hâter l'épanouissement. Le *bois* le rompit au métier ; il lui apprit la composition et l'arrangement ; il était devenu, de plus, prodigieusement habi[illegible] dessiner. Lorsqu'éclata la guerre, il se trouvait armé de toutes pièces : c'est elle qui lui donna l'*émotion*.

Tous les tableaux qui figurent à cette vente ont été peints par de Neuville dans la pleine floraison de son talent. Ils sont des pages détachées de ce poème de la guerre auquel il travaillait sans relâche, avec une ardeur, une obstination que rien ne pouvait lasser. Souvent, on s'était efforcé de le détourner de son but, mais il continuait à le poursuivre avec une sorte d'entêtement patriotique. Enfermé dans la sombre époque il n'en voulait pas sortir. Il s'en allait visiter, tous les ans, comme en pélerinage, un de nos anciens champs de bataille, évoquant l'âme des héros et le cœur plein de la patrie.

C'est un fier tableau que ce *Parlementaire*, auquel il travaillait avec ardeur quand la maladie vint l'atteindre et devant lequel il resta debout, palette au pouce, ainsi qu'un capitaine à son banc, jusqu'au jour où le mal triompha de lui. La femme qui s'élance vers l'Allemand, menaçante, un enfant sur les bras, est superbe d'égarement et de colère, et quel émouvant contraste entre sa fureur et le flegme du parlementaire! Comme elle est bien la vaincue, et comme celui-là qui passe est bien l'arrogant vainqueur!

Héricourt, c'est la bataille dans la neige, au travers des fondrières de l'Est, où les servants grelottent de froid et de faim, cramponnés à leurs pièces. Sur le sol durci, les chevaux buttent et s'abattent à tous moments: la *Batterie en danger*, l'*Embuscade*, les ruses meurtrières et les sanglantes surprises de la guerre, *En Avant*, *Rezonville*, *Gravelotte*, avec sa charge emportée, culbutée, furieuse, le *Bourget*, *Styring*, *Villersexel*, *Longboyau*, les grands drames « détestés des mères », où les héroïsmes s'obstinent, où les épouvantements s'entassent, où les plaies saignent rouge, où la camarde couche à pleine faulx la moisson humaine.

L'on a réuni encore pour cette vente une importante collection d'études, et c'est grand plaisir que d'en pas ser la revue. L'œuvre entier d'Alphonse de Neuville y apparaît dans son intimité. Bon nombre de ses grands tableaux sont, aujourd'hui, l'honneur des collections étrangères et, à moins qu'un fait imprévu — caprice ou hasard — ne les ramène à Paris, nous ne les reverrons pas de sitôt! On en retrouve ici les projets et les esquisses, on en revoit les personnages. Étudié, dans le sans-façon et dans la familiarité de son art, de Neuville atteste mieux encore la fécondité, la souplesse et la variété de son talent.

Mais ce qu'ils proclament surtout, ces petits tableaux, et les grands avec eux, ce dramatique *Parlementaire*, *Héricourt*, le *Bourget*, *Gravelotte*, *Villersexel*, etc., etc., c'est l'étonnante activité d'esprit de De Neuville et sa belle vaillance au travail. Je ne crois pas que, dans ce siècle-ci, beaucoup d'artistes aient produit autant que lui. La série tout entière de ses tableaux — je parle de ceux-là surtout qui l'ont rendu fameux — tient entre ces deux dates : 1872 : le *Bivouac devant le Bourget*, 1885 : le *Parlementaire*. Or, m'est avis qu'en ces treize années, il n'a pas peint moins de trois cents œuvres, y compris, s'entend, le *Panorama de Rezonville* et celui de *Champigny*. Le chiffre a son éloquence!

Le hasard me fournit un jour l'occasion de constater combien son ardeur au travail était grande et son activité grande aussi. C'était à l'été de 1881, quelques jours après qu'avait paru dans l'*Officiel* le décret qui lui conférait le grade d'Officier de la Légion d'honneur. Ayant décidé de convier quelques intimes à fêter, avec lui, cette distinction nouvelle, il voulut bien m'inviter en cette qualité.

C'était à la fin de juillet, la température était pesante et le ciel chargé d'orage. Au moment où nous nous disposions à quitter le restaurant de la Cascade, où le dîner s'était donné, la pluie se prit à tomber si violemment que nous dûmes regagner notre salon en hâte, et attendre que le ciel se fût éclairci. L'éclaircie ne se produisant pas, il fallut bien se décider à partir. De Neuville, en ce temps-là, passait la belle saison dans une villa, qu'il avait louée entre Suresnes et Saint-Cloud, sur les bords de la Seine. Il m'offrit l'hospitalité, que j'acceptai.

Nous nous couchâmes à trois heures du matin environ. Il était six heures à peine, on me réveille, et qui vois-je? de Neuville botté, coiffé, ganté, m'annonçant que sa voiture était prête et qu'il était grand temps d'aller travailler.

N'est-ce pas M. Dufaure qui disait que l'avenir est aux gens qui se lèvent matin? De Neuville était de ceux-là.

Il ne me semble pas qu'aucun artiste ait jamais représenté chez nous la peinture militaire avec plus d'honneur — je ne dis pas plus d'honneurs — qu'Alphonse de

Neuville. Il était le prototype, la personnification même du peintre de bataille. Dans l'histoire artistique on peut remonter jusqu'à Salvator Rosa et jusqu'au Bourguignon — en passant par Snayers qui peignit, à la toupe, des chocs d'armées, par Van der Meulen qui représentait des combats comme Boileau les chantait, en historiographe à la solde du roi, par Horace Vernet qui aurait été un grand peintre s'il avait su peindre, par le baron Gros, un bon, par Yvon, un mauvais, et par tous les autres, en exceptant peut-être Raffet — sans en trouver un seul qui lui soit préférable, et par la renommée de qui sa renommée puisse être éclipsée. Il avait toutes les qualités qui font le vrai peintre : un esprit sérieux capable de concevoir de grandes choses, l'expérience et le savoir qu'il faut pour les exécuter. C'était un maître dessinateur, rompu par dix années de production rapide et constante, à toutes les habiletés et à toutes les roueries du métier, un puissant coloriste, et, par surcroît, un historien consciencieux et disert et le prodigieux conteur que j'ai dit.

De Neuville était venu à la bonne époque. Au temps où il était entré chez le Père Picot pour y suivre ardemment sa vocation, la peinture militaire officielle était encore en crédit. Le succès était toujours à ces vastes compositions dont est obstrué le musée de Versailles, et dans lesquelles on voit des bataillons entiers s'entasser, se bousculer sur un champ de bataille de fantaisie exagérément encombré d'ennemis morts ou blessés. Elle avait, cette peinture-là, remplacé la peinture de Cour inventée aux siècles précédents pour perpétuer le souvenir des vertus guerrières des souverains et immortaliser leurs triomphes. Horace Vernet spécialisait l'une comme Van der Meulen avait spécialisé l'autre.

Pourtant, dès ce temps-là, dans les bureaux de journaux et dans les ateliers, il se produisait une réaction salutaire. Un jour Baudelaire avait, à la *Revue Nouvelle*, ouvert le feu contre la peinture officielle dans un article où M. Horace Vernet se trouvait être, incidemment, assez malmené, et qui se terminait ainsi : « Donc, un tableau militaire n'est intelligible et intéressant qu'à la condition d'être un simple épisode de la vie militaire ».

Il formulait ainsi la théorie nouvelle — et qui a prévalu — au succès de laquelle, autrefois, Charlet et Raffet avaient, l'un avec ses grognards, l'autre avec ses admirables troupiers, si puissamment contribué. De Neuville sut l'appliquer glorieusement la première fois avec ses *Chasseurs traversant la Tchernaïa*, et, depuis, dans tous les tableaux qu'il nous a laissés sur la guerre de 1870.

Quelle profonde et salutaire influence elle devait avoir sur son talent, cette guerre qui fut si funeste à d'autres artistes ! Il l'avait vue de près et le spectacle de ses épouvantements avait tracé dans son esprit un profond et douloureux sillon, élargi sa pensée, poétisé et dramatisé son talent.

C'est alors que commence le défilé des tableaux poignants qui disent la fureur des défaites héroïques, la morne anxiété des jours passés sous un ciel inflexible, avec la famine au ventre et l'âme désespérée ; toutes ces toiles enfiévrées, tragiques, où le récit prend un air d'épopée, sur lesquelles un souffle ardent de patriotisme a passé, dont la contemplation éveille, avec le souvenir des angoisses d'autrefois, le désir et l'espoir des revanches prochaines.

Ce qu'il raconte désormais, ce n'est plus la mêlée comme dans son *Magenta* ou dans son *Solférino*, c'est le soldat, et c'est l'homme. Avec son chasseur de Balan, et son moblot de Villersexel, il symbolise la douloureuse odyssée du soldat citoyen armé pour la défense du pays et, du jour au lendemain, immatriculé, sacré chair à canon.

La carrière d'Alphonse de Neuville ? A quoi sert de la conter quand on a conté son œuvre ? Toujours l'éternelle histoire des vocations contrariées ! Il rêve de devenir un peintre, on veut faire de lui un marin, puis un avocat au Conseil d'État. Lutte entre la famille et la vocation. La vocation triomphe. Il promet pourtant de faire son droit.

La promesse tenue, il retourne à sa peinture. Il avait vingt-deux ans; c'était peu de temps perdu.

A compter de ce temps-là, deux amours occupent sa vie tout entière : son amour pour sa femme, l'amour de son art. Je sais même, à ce propos, une historiette touchante et que je vais vous conter.

C'était au temps où gagner même son pain, c'était dur. Je ne sais quel motif les avait amenés à Bruxelles; une commande de *bois*, sans doute, car de Neuville vivait du produit de l'illustration. Tout en suivant leur chemin machinalement, ils passèrent devant une église et l'idée leur vint à tous deux d'y entrer. La nuit tombait, la nef était déserte; ils en firent le tour et se trouvant devant une petite chapelle, ils s'agenouillèrent :

— Nous ne nous quitterons jamais, lui dit-il à voix basse.

Elle répondit simplement : Jamais!

Ils se relevèrent et sortirent.

Ainsi fut scellée cette union — que le mariage a consacrée — de deux âmes loyales, union dont la douce sérénité ne fut pas un seul jour troublée pendant sa durée tout entière.

27 mars 1886.

Gustave GŒTSCHY.

TABLEAUX

ÉTUDES PEINTES

DÉSIGNATION

1 — Le parlementaire.

Un officier de uhlans, envoyé comme parlementaire, est introduit, un bandeau sur les yeux, dans l'enceinte d'une ville assiégée.

Escorté d'un détachement de mobiles sous les armes, il marche la tête haute, suivi d'un trompette et du drapeau parlementaire fixé à une lance que porte un uhlan.

27500—

Les habitants profitent de la trêve pour sortir de leurs maisons. Un groupe se forme sur la droite et une femme en deuil, son enfant dans les bras, se précipite sur le passage de l'officier pour l'insulter et le menacer du poing.

Composition des plus émouvantes.

H. 1^m40. L. 2^m10.

2 — Héricourt.

L'ennemi occupe le village où les obus ont mis le feu. Une batterie d'artillerie française abandonne ses premières lignes et se porte sur une éminence couverte de neige où elle va prendre ses nouvelles positions.

Un officier, debout sur ses étriers, entre deux attelages, s'arrête au milieu de la fusillade et, le bras levé, donne l'ordre de se mettre en batterie.

Le village apparaît au fond du tableau, avec ses toitures couvertes de neige, sous un ciel sillonné d'obus.

H. $1^{m}48$, L. $0^{m}82$.

3 — La batterie en danger.

Une batterie d'artillerie française est attaquée par un escadron de dragons allemands qui est sur le point de l'envelopper. L'officier à cheval, le revolver au poing, tire à bout portant sur un cavalier qui tombe à la renverse. Hommes et chevaux ne forment plus qu'une mêlée terrible dans laquelle les combattants sont si rapprochés qu'ils engagent le combat à l'arme blanche.

Les artilleurs, écrasés sous le nombre, commencent à faiblir et la pièce va tomber aux mains de l'ennemi, quand arrive à leur secours un escadron de cuirassiers qui débouche au galop sur la droite du champ de bataille.

H. [illegible]. L. [illegible].

4 — Une embuscade.

5000

Une compagnie de chasseurs à pied s'est masquée dans les bois pour observer et défendre un pont de bois qui traverse une rivière. Tout à coup, un peloton de hussards allemands en reconnaissance est surpris au tournant du chemin; la fusillade éclate, les cavaliers ont à peine le temps de riposter et ceux qui ne parviennent pas à s'enfuir tombent frappés à mort. Leurs chevaux, affolés de terreur prennent la fuite dans toutes les directions.

H. $0^{m}83$. L. $1^{m}20$.

5 — Charge de cavalerie à Gravelotte (16 Août 1870).

Un régiment de dragons, le sabre au poing, charge à fond de train sur un régiment d'infanterie prussienne.

Un des officiers, en tête de l'escadron, tombe à la renverse, frappé d'une balle.

Sur la droite, apparaît le village autour duquel l'ennemi a entassé mille obstacles pour arrêter la cavalerie et s'embusquer plus à l'aise.

Sur la gauche, débouche le gros de l'infanterie allemande.

H. 0m36. L. 0m48.

6 — Le Bourget (30 Octobre 1870).

Le Bourget, criblé d'obus et assailli par toute une division de la garde prussienne, venait de retomber au pouvoir de l'ennemi. Tout semblait fini. Mais, dans l'église du village, huit officiers français et une vingtaine d'hommes — des soldats du dépôt de la garde, des mobiles et des francs-tireurs de la Presse — résistèrent encore. Ils se défendirent jusqu'à la dernière extrémité, et il fallut les fusiller par les fenêtres et amener du canon pour forcer à se rendre les débris de cette brave troupe......

Général Ducrot.

(*La Défense de Paris*).

Réduction du tableau célèbre : *Le Bourget.*

H. $0^{m}53$. L. $0^{m}75$.

7 — La passerelle de la gare de Styring.

Bataille de Forbach, le 6 Août 1870.

Les Allemands se sont emparés des bâtiments de la gare défendue par quelques chasseurs du 3e bataillon. Les quais et la passerelle jetée sur la tranchée du chemin de fer de Sarrebruck deviennent le théâtre d'un combat acharné, où l'on se fusille à cinquante pas, les Prussiens tirant par les fenêtres barricadées, les chasseurs s'embusquant derrière les wagons. Un instant, l'arrivée d'un renfort (un bataillon du 74e de ligne), permet à nos soldats de reprendre l'offensive ; mais bientôt, accablés par de nouvelles masses prussiennes, ils sont forcés de battre en retraite.

Réduction du tableau exposé au salon de 1877.

H. 0m68, L. 1m[illegible]

7200–

8 — Attaque par le feu d'une maison barricadée et crénelée.

(Armée de l'Est; Villersexel, le 9 Janvier 1871).

Après une lutte sanglante, Villersexel était enlevé à la fin de la journée par les troupes du 18e corps. Fortifiés dans plusieurs maisons, les Allemands n'en continuaient pas moins un feu meurtrier sur nos soldats. Ceux-ci, après avoir vainement essayé d'enfoncer les portes barricadées, coururent chercher, dans les greniers et sous les hangars, des fagots et de la paille, qu'ils vinrent amonceler contre l'obstacle. Ainsi allumé, le feu se propagea rapidement. Tout ce qui restait d'Allemands dans Villersexel, fut tué ou pris.

Première pensée du tableau exposé au salon de 1875.

H. $0^{m}64$, L. $0^{m}82$.

9 — Épisode de la bataille de Rézonville.

Le 16 août, sur la route de Rézonville à Villers, la brigade Murat se reforme, la droite appuyée au bois de Villers, après le brillant combat qu'elle a eu à livrer dans la journée, sur les mêmes positions, à la cavalerie prussienne. Le terrain est encore tout jonché de morts et de blessés tombés dans l'engagement. Le 7e régiment de cuirassiers prussiens et le 16e régiment de uhlans prussiens, après avoir percé les lignes françaises, sont venus se briser sous le choc des dragons et des cuirassiers français de la division du général de Forton, rangée à l'angle du bois de Villers. A gauche du tableau, on voit le général prince Murat examinant le terrain de la charge : les blessés sont portés sous un hangar et pansés provisoirement; des dragons français s'occupent à ramasser les lances des uhlans. Au premier plan, un officier de chasseurs à pied, blessé et se rendant aux ambulances, serre la main à un de ses camarades des dragons. Dans ce brillant fait d'armes, la brigade allemande, malgré ses efforts réitérés, fut écrasée sous les charges de la cavalerie française.

H. 1^{m},28. L. 2^{m},10.

10 — Défense de la porte de Longboyau.

L'ennemi occupe le parc de la Malmaison et cherche à enfoncer une des portes, dite de Longboyau. Une poignée d'artilleurs et de gardes mobiles, encouragés par l'arrivée d'un bataillon de chasseurs à pied, se rue contre la porte pour empêcher qu'elle ne cède avant que leur artillerie n'ait eu le temps d'abandonner la place et de se porter hors d'atteinte.

Réduction du Tableau.

H. $0^{m}52$. L. $0^{m}80$.

11 — Le départ du bataillon.

La scène se passe de grand matin dans une rue pittoresque d'un village d'Alsace.

Un clairon de chasseurs à pied parcourt les places et sonne le ralliement pour le départ.

Sur le pas d'une porte, un brave paysan offre un dernier verre à un troupier, tandis qu'un sergent, au milieu de la route, tient par la taille une jolie Alsacienne qu'il embrasse à pleines joues.

Plus loin, apparaît le gros du bataillon et un officier qui presse les retardataires.

H. 1m00. L. 0m73.

12 — En avant !

Un commandant de mobiles, à la tête de son bataillon, entraine ses hommes à l'ennemi d'un geste énergique.

Devant eux, les troupes allemandes, déployées en tirailleurs, soutiennent un feu nourri en se repliant sur le village qui occupe le fond du tableau.

Un obus éclate au premier plan sur le flanc de la colonne.

H. $0^{m}83$. L. $1^{m}20$.

13 — Mobiles réfugiés dans une grange, à Bapaume.

Une compagnie de gardes mobiles s'est réfugiée dans une grange où elle s'apprête à se défendre. Un officier, debout contre la porte large ouverte, observe attentivement les abords du village couverts de neige et les maisons voisines, où l'ennemi reste encore invisible. D'un geste, il recommande le silence à sa troupe, comme s'il prévoyait un danger imminent.

H. $0^{m}73$. L. $0^{m}92$.

14 — Attaque des redoutes de Tel-el-Kébir. 2850 —

Les troupes écossaises arrivent dans les derniers retranchements de l'ennemi et essuient un feu de mousqueterie.

H. 0m83. L. 1m30.

15 — Sous-officier de hussards. 4600 —

H. 0m40. L. 0m39.

16 — Turco sur un champ de bataille. 3100 —

H. 0m51. L. 0m26.

17 — Surprise au petit jour. 6200 —

Première pensée du tableau.

H. 0m37. L. 0m53.

18 — Poste de vedettes de hussards. 2950 —

L'une des vedettes, sur un petit pont de bois, surveille la vallée, tandis que l'autre, sur une hauteur, observe l'horizon.

H. 0m60. L. 0m92.

19 — Combat sur une voie ferrée (Armée de la Loire — 1870-71).

Des mobiles viennent soutenir une attaque engagée par des chasseurs à pied.

Réduction du tableau exposé au salon de 1874.

H. $0^{m}35$. L. $0^{m}52$.

20 — Solférino.

H. $0^{m}73$. L. $0^{m}92$.

21 — Magenta.

H. $0^{m}45$. L. $0^{m}56$.

22 — Prise de Tel-el-Kébir.

Le combat tire à sa fin. Les Écossais franchissent les fossés et grimpent sur les talus, sous la mitraille et les feux incessants de la redoute.

H. $0^{m}86$. L. $1^{m}21$.

23 — Étude pour l'aquarelle : *Destruction du fil télégraphique à Etretat.*

H. $0^{m}26$ 1/2. L. $0^{m}18$ 1/2.

24 — Clairon de chasseurs à pied en tenue de campagne. 1000 —

Figure à mi-corps.

H. 0m54. L. 0m45.

25 — Sapeur de chasseurs à pied allumant sa pipe. 610 —

Figure à mi-corps.

H. 0m54. L. 0m45.

26 — Chasseur à pied, sac au dos. 1020 —

H. 0m54. L. 0m45.

27 — Clairon et havre-sac. 280 —

Étude.

H. 0m54. L. 0m45.

28 — Intérieur d'église. 1580 —

H. 0m28. L. 0m19.

29 — Paysage aux environs de Pierrefonds. 1250 —

H. 0m14. L. 0m23

30 — Dans les orgues de l'église de Néris.

H. $0^{m}14$. L. $0^{m}23$.

31 — Sentinelle dans le parc de Villiers.

H. $0^{m}14$. L. $0^{m}23$.

32 — Les Plâtreries, paysage près Fontainebleau.

H. $0^{m}14$. L. $0^{m}23$.

33 — Intérieur de l'église de Villersexel.

H. $0^{m}14$. L. $0^{m}23$.

34 — Un village près de Pierrefonds.

H. $0^{m}14$. L. $0^{m}23$.

35 — Une rue de Néris-les-Bains.

H. $0^{m}14$. L. $0^{m}23$.

36 — Étude de diligence pour le tableau : *Surprise au petit jour.*

H. $0^{m}14$. L. $0^{m}23$

37 — Entrée du cimetière de Saint-Privat. 955 —

H. 0m14. L. 0m23.

38 — Franc-tireur sous bois. 1250 —

H. 0m23. L. 0m14.

39 — Poste de fantassins en observation. 2400 —

H. 0m23. L. 0m14.

40 — Route de Néris à Montluçon. 1200 —

H. 0m23. L. 0m14.

41 — Route, près de Néris-les-Bains. 650 —

H. 0m14. L. 0m23.

42 — Chasseur à pied en observation. 1920

H. 0m14. L. 0m23.

43 — Un coin du village de Forbach. 1000 —

H. 0m23. L. 0m14.

44 — Pont à Montbéliard. 700 —

Effet de neige.

H. 0m14. L. 0m23.

45 — Pont sur un canal.

H. $0^{m}10$. L. $0^{m}17$.

46 — Une rue du village de Bry-sur-Marne.

H. $0^{m}14$. L. $0^{m}23$.

47 — Étude pour le tableau : *Mobiles réfugiés dans une grange, à Bapaume.*

H. $0^{m}14$. L. $0^{m}23$.

48 — Un coin de jardin, à Néris-les-Bains.

H. $0^{m}23$. L. $0^{m}14$.

49 — Ruisseau sous bois.

H. $0^{m}23$. L. $0^{m}14$.

50 — Un moulin à eau, près Néris.

H. $0^{m}23$. L. $0^{m}14$.

51 — Étude pour le tableau : *Un Poste de redettes de hussards.*

H. $0^{m}14$. L. $0^{m}23$.

52 — Une rue à Sainte-Marie-aux-Chênes. 780 —

H. $0^{m}14$. L. $0^{m}23$.

53 — Une cour d'auberge à Montigny-Lagrange. 1350 —

H. $0^{m}14$. L. $0^{m}23$.

54 — Étude de wagons pour le tableau : *Prise de la gare de Styring.* 480 —

H. $0^{m}14$. L. $0^{m}23$.

55 — Une rue à Montbéliard. 780

H. $0^{m}23$. L. $0^{m}14$.

56 — Un lavoir à Styring-Wendel.

H. $0^{m}14$. L. $0^{m}23$.

57 — La ferme brûlée à la Garenne, près Sedan. 650 —

H. $0^{m}14$. L. $0^{m}23$.

58 — L'entrée du village de Samois. 430 —

H. $0^{m}14$. L. $0^{m}23$.

59 — Quai de la gare de Forbach.

H. $0^{m}14$. L. $0^{m}23$.

60 — La Seine à Saint-Mammès.

H. $0^{m}14$. L. $0^{m}23$.

61 — Champs cultivés, près de Styring-Wendel.

H. $0^{m}14$. L. $0^{m}23$.

62 — Un coin de rue à Néris.

H. $0^{m}14$. L. $0^{m}23$.

63 — Une allée du bois de Boulogne.

H. $0^{m}14$. L. $0^{m}23$.

64 — Étude pour le tableau : *A la recherche d'un gué.*

H. $0^{m}23$. L. $0^{m}14$.

65 — Bois de Styring-Wendel.

H. $0^{m}23$. L. $0^{m}14$.

66 — L'église de Samois.

H. $0^{m}23$. L. $0^{m}14$.

67 — Intérieur de l'église de Pierrefonds. 730 —

H. 0^{m}23. L. 0^{m}14.

68 — Talus du chemin de fer, près Forbach. 510 —

H. 0^{m}23. L. 0^{m}14.

69 — Chaumières à l'entrée de Besançon. 650 —

H. 0^{m}14. L. 0^{m}23.

70 — L'église de Néris. 460 —

H. 0^{m}14. L. 0^{m}23.

71 — Usine à Styring-Wendel. 600 —

H. 0^{m}23. L. 0^{m}14.

72 — Cour de ferme à Néris. 450 —

H. 0^{m}14. L. 0^{m}23.

73 — La campagne près Sainte-Marie-aux-Chênes. 800 —

H. 0^{m}14. L. 0^{m}23.

74 — L'église de Rézonville.

H. $0^{m}14$. L. $0^{m}23$.

75 — Un enclos à Saint-Privat.

H. $0^{m}14$. L. $0^{m}23$.

76 — Canal de Saint-Quentin.

H. $0^{m}14$. L. $0^{m}23$.

77 — Étude de charrettes pour le tableau : *Attaque par le feu d'une maison barricadée et crénelée.*

H. $0^{m}18$. L. $0^{m}25$.

78 — Le four à chaux de Champigny.

Étude pour le panorama.

H. $0^{m}19$. L. $0^{m}27$.

79 — Un lavoir.

H. $0^{m}27$. L. $0^{m}19$.

80 — Prairie.

Effet de soleil couchant.

H. $0^{m}19$. L. $0^{m}27$.

81 — Route de Rézonville. 560

H. 0m19. L. 0m27.

82 — Train de marchandises. Étude pour le tableau : *Prise de la gare de Styring-Wendel.* 450 —

H. 0m25. L. 0m24.

83 — Sous-bois, à Styring-Wendel. ~~240~~

H. 0m10. L. 0m16.

84 — Une route, près Wissembourg. 240 —

H. 0m10. L. 0m16.

85 — Terres labourées, près Yport. 290 —

H. 0m10. L. 0m16.

86 — Étude pour le tableau : *Bivouac devant le Bourget, après le combat du 21 décembre 1870.* 310 —

Tableau exposé au Salon de 1872.

H. 0m10. L. 0m16.

87 — Village abandonné. 250

H. 0m10. L. 0m16.

88 — Plage à marée basse.

H. $0^{m}10$. L. $0^{m}16$.

89 — Route à Yport.

H. $0^{m}10$. L. $0^{m}16$.

90 — Le bagage du troupier.

H. $0^{m}12$. L. $0^{m}23$.

91 — Batterie d'artillerie en position.

H. $0^{m}14$. L. $0^{m}23$.

92 — Une rue à Yport.

H. $0^{m}16$. L. $0^{m}24$.

93 — Étude pour le tableau : *Combat dans une église*.

H. $0^{m}22$. L. $0^{m}13$.

94 — Village près de Besançon.

H. $0^{m}23$. L. $0^{m}14$.

95 — Un coin de la gare de Styring-Wendel.

H. $0^{m}14$. L. $0^{m}23$.

96 — Futaille.

Étude.

H. 0m14. L. 0m23.

97 — Mare sous bois.

H. 0m14. L. 0m23.

98 — Wagon. Étude pour le tableau : *La prise de la gare de Styring-Wendel.*

H. 0m14. L. 0m23.

99 — La porte de Longboyau. Étude pour le tableau : *Défense de la porte de Longboyau.*

H. 0m14. L. 0m23.

100 — Près Forbach.

H. 0m14. L. 0m23.

101 — Lisière de bois près Forbach.

H. 0m14. L. 0m23.

102 — Falaises d'Yport à marée basse.

H. 0m17. L. 0m10.

103 — Étude de jambes de chasseurs à pied.

H. $0^{m}14$. L. $0^{m}23$.

104 — Le village de Wœrth.

H. $0^{m}14$. L. $0^{m}23$.

105 — Le cimetière et l'église de Saint-Aïl.

H. $0^{m}14$. L. $0^{m}23$.

106 — Lisière de bois près Pierrefonds.

H. $0^{m}14$. L. $0^{m}23$.

107 — Le quai de la gare à Saint-Omer.

H. $0^{m}14$. L. $0^{m}23$.

108 — Étude pour le tableau : *Prise de la gare de Styring.*

H. $0^{m}14$. L. $0^{m}23$.

109 — Intérieur du cimetière de Saint-Privat.

H. $0^{m}14$. L. $0^{m}23$.

110 — Chaumières à Yport. 450 —

H. $0^{m}25$. L. $0^{m}14$.

111 — Un escalier. 380

Étude.

H. $0^{m}23$. L. $0^{m}14$.

112 — Paysage. 340 —

H. $0^{m}20$. L. $0^{m}27$.

113 — Combat dans un jardin. 1060 —

H. $0^{m}30$. L. $0^{m}19$.

114 — Étude pour le tableau : *La prise de la gare de Styring.* 1450 —

H. $0^{m}24$. L. $0^{m}34$.

115 — Étude pour le tableau : *Courrier intercepté.* 500 —

H. $0^{m}35$. L. $0^{m}50$.

116 — Le pied de la falaise d'Yport. 230 —

H. $0^{m}10$. L. $0^{m}16$.

340 — 117 — Le haut de la falaise à Yport.

H. $0^{m}10$. L. $0^{m}16$.

300 118 — Vallon de Frœschwiller.

H. $0^{m}10$. L. $0^{m}16$.

265 119 — La bénédiction de la mer à Yport.

H. $0^{m}10$. L. $0^{m}16$.

280 — 120 — Le village de Bazeilles.

H. $0^{m}10$. L. $0^{m}16$.

230 — 121 — Enfants sur le seuil d'une porte.

H. $0^{m}16$. L. $0^{m}10$.

520 — 122 — Chemin tournant dans un bois.

Effet d'automne.

H. $0^{m}16$. L. $0^{m}10$.

480 123 — Une surprise.

H. $0^{m}14$. L. $0^{m}16$.

124 — Chemin sous bois.

H. 0m16. L. 0m10.

700 —

125 — Une retraite.

H. 0m14. L. 0m23.

1120 —

126 — Havre sac.

Étude.

H. 0m14. L. 0m23.

120 —

127 — Clocher.

Étude.

H. 0m14. L. 0m23.

820 —

128 — Étude pour le tableau : *Attaque par le feu d'une maison barricadée et crenelée à Villersexel.*

H. 0m14. L. 0m23.

590 —

129 — La campagne, près Samois.

H. 0m14. L. 0m23.

680

130 — Bouquets de bois.

H. 0m12. L. 0m23.

350 —

131 — Étude d'arbres.

H. $0^{m}23$. L. $0^{m}14$.

132 — Maisons en démolition.

H. $0^{m}14$. L. $0^{m}23$.

133 — Enceinte d'un château.

H. $0^{m}23$. L. $0^{m}14$.

134 — Un coteau près de Pierrefonds.

H. $0^{m}14$. L. $0^{m}23$.

135 — Rue à Yport.

H. $0^{m}14$. L. $0^{m}23$.

136 — La grande-rue à Yport.

H. $0^{m}16$. L. $0^{m}23$.

137 — Tête de fantassin.

Profil à gauche.

H. $0^{m}14$. L. $0^{m}10$.

138 — Trois études de paysages sur le même panneau.

H. $0^{m}18$. L. $0^{m}26$.

139 — Fougères dans la forêt de Fontainebleau. 350 -

H. 0^m20. L. 0^m27.

140 — Intérieur de bois. 700 -

H. 0^m15. L. 0^m30.

141 — Voie ferrée. 900 —

H. 0^m19. L. 0^m28.

142 — Étude de rochers. 420 -

H. 0^m18. L. 0^m28.

143 — Talus de chemin de fer. 1220 -

Étude.

H. 0^m29. L. 0^m20.

144 — Vue de Saint-Omer. 270 —

H. 0^m14. L. 0^m23.

145 — Halte d'un escadron de cuirassiers. 1650 —

H. 0^m26. L. 0^m50.

146 — Étude de brouette

H. $0^{m}24$. L. $0^{m}32$.

147 — Un lavoir.

Étude.

H. $0^{m}23$. L. $0^{m}32$

148 — Porte de ferme.

H. $0^{m}26$. L. $0^{m}34$.

149 — Chemin tournant à Néris.

H. $0^{m}17$. L. $0^{m}14$.

150 — Intérieur de ferme.

H. $0^{m}52$. L. $0^{m}60$

151 — Cour de ferme.

H. $0^{m}52$. L. $0^{m}60$.

152 — Ruelle à Yport.

H. $0^{m}79$. L. $0^{m}50$.

153 — Petit garçon : Étude pour l'aquarelle (*Uhlans coupant les fils du télégraphe à Etretat*). 380

H. 0^m26, L. 0^m19.

154 — Officier d'artillerie en observation. 380

H. 0^m18, L. 0^m27.

155 — Le marché aux bestiaux à Néris-les-Bains. 900

H. 0^m23, L. 0^m14.

156 — Cheval bai foncé, vu de croupe et sur le même panneau, étude de tête de cheval, vue de face. 180

H. 0^m23, L. 0^m13.

157 — Cheval gris-pommelé, côté montoir. 370

H. 0^m23, L. 0^m14.

158 — Tête de gendarme. 825

Profil à gauche.

H. 0^m23, L. 0^m12.

159 — Garde mobile.

Profil à gauche.

H. $0^{m}23$. L. $0^{m}12$.

160 — Tête de gendarme.

Profil à droite.

H. $0^{m}24$. L. $0^{m}14$

161 — Garde mobile.

Tête.

H. $0^{m}23$. L. $0^{m}14$

162 — Garde-forestier.

Tête.

H. $0^{m}22$. L. $0^{m}14$

163 — Adjudant sous-officier de chasseurs à cheval.

H. $0^{m}23$. L. $0^{m}14$.

164 — Tête d'homme coiffé d'un casque.

H. $0^{m}28$. L. $0^{m}18$.

165 — Pêcheur.

H. 0m27. L. 0m19.

166 — Franc-tireur.

H. 0m30. L. 0m21.

167 — Tête de cheval de troupe avec la bride.

H. 0m23. L. 0m14.

168 — Trois études de chevaux peintes sur le même panneau.

H. 0m14. L. 0m18.

169 — Tête de cheval gris, le filet dans la bouche.

H. 0m23. L. 0m13.

170 — Cheval bai.

Étude d'avant-main.

H. 0m23. L. 0m14.

171 — Arrière-main et tête de cheval sur le même panneau.

H. 0m23. L. 0m14

172 — Cheval gris-pommelé.

Étude de jambes.

H. $0^{m}23$. L. $0^{m}14$.

173 — Cheval gris-pommelé.

Étude d'ensemble.

H. $0^{m}23$. L. $0^{m}14$.

174 — Cheval bai.

Étude d'arrière-main.

H. $0^{m}23$. L. $0^{m}14$

175 — Cheval bai.

Étude d'ensemble.

H. $0^{m}19$. L. $0^{m}27$.

176 — Tête de cheval bai.

Profil à gauche.

H. $0^{m}27$. L. $0^{m}19$.

177 — Tête de cheval bai, liste en tête prolongée.

Profil à droite.

H. $0^{m}27$. L. $0^{m}19$.

178 — Cheval bai.

Étude d'arrière-main et des membres postérieurs.

H. 0m27. L. 0m19.

179 — Étude de cheval bai.

H. 0m27. L. 0m19.

180 — Tête de cheval bai.

Vue de face.

H. 0m27. L. 0m19.

181 — Cheval bai cerise.

Étude d'avant-main.

H. 0m27. L. 0m19.

182 — Étude de cheval bai et têtes bridées sur le même panneau.

H. 0m19. L. 0m27.

183 — Sergent du génie appuyé sur des gabions.

H. 0m55. L. 0m35.

184 — Artilleur à cheval, porte-fanion.

H. $0^{m}32$, L. $0^{m}24$.

185 — Sentier sous bois.

H. $0^{m}23$, L. $0^{m}14$.

186 — Tête de fantassin.

H. $0^{m}11$, L. $0^{m}09$.

187 — Tête de mobile.

Vue de face.

H. $0^{m}14$, L. $0^{m}10$.

188 — Tête de mobile.

Vue de profil.

H. $0^{m}14$, L. $0^{m}12$.

189 — Tête de sapeur.

Vue de profil.

H. $0^{m}14$, L. $0^{m}10$.

AQUARELLE

TRÈS IMPORTANTE

190 — Le Parlementaire.

Un officier d'état-major allemand, envoyé comme parlementaire, est introduit, un bandeau sur les yeux, dans l'enceinte d'une ville assiégée.

Escorté d'un détachement de mobiles sous les armes, il marche, la tête haute, suivi d'un trompette et du drapeau parlementaire fixé à une lance que porte un uhlan. Les assiégés sortent de leurs maisons bombardées et accourent sur le passage du détachement. Une femme en deuil, son enfant dans les bras, se précipite devant l'officier pour l'insulter et le menacer du poing.

2000 —

Au fond du tableau, apparaissent entre la poterne et une maison en ruines, les remparts de la ville occupés par l'artillerie de siège.

Variante du tableau catalogué sous le n° 1.

H. 0m85, L. 1m20.

DESSINS

A LA PLUME

ET

AU CRAYON

DESSINS

A LA PLUME ET AU CRAYON

—

191 — Portrait de Florian en costume du régiment du duc de Penthièvre. 350 —

Dessin à la plume rehaussé d'aquarelle et de gouache.

192 — Turco en tenue de campagne adossé à un mur. 850 —

Effet de neige.

Important dessin à la plume rehaussé de lavis et de gouache.

193 — Franc-tireur. 900 —

Important dessin à la plume rehaussé de lavis.

194 — **Cavalier du 13e régiment des lanciers du Bengale, la lance au poing.**

Dessin important à la plume, lavé à l'encre et rehaussé de gouache.

195 — **Trophée militaire.**

Très beau dessin à la plume.

196 — **Fantassin bavarois.**

Important dessin à la plume rehaussé de gouache.

197 — **Le général Ducrot et son état-major à la recherche du point stratégique.**

Très intéressante composition à la plume.

198 — **Sous-officier de uhlans.**

Très beau dessin à la plume.

199 — **Cold Stream guards (Officier).**

Très joli dessin au crayon, rehaussé de traits de plume et de gouache.

200 — Fantassin bavarois en tenue de campagne. 700

Très beau dessin à la plume lavé et rehaussé de gouache.

201 — Officier écossais étendu à terre. 500

Très joli dessin au crayon, rehaussé de gouache et de traits de plume.

202 — Commandant d'infanterie. 780

Dessin au crayon rehaussé de traits de plume et de gouache.

203 — Cadre renfermant six têtes d'étude : Types d'officiers et soldats anglais et allemands. 660

Dessin au crayon et à la plume.

204 — Devant Belfort. 210

Croquis au crayon.

205 — Types de soldats anglais.

Dessin à la plume.

206 — Soldats anglais.

Dessin à la plume.

207 — Types de soldats de l'armée française : Grenadiers et voltigeurs de la garde.

Dessin à la plume.

208 — Officier français prisonnier.

Dessin à la plume pour le tableau « *Le Bourget* ».

209 — Général russe escorté de son ordonnance.

Dessin.

210 — Anvers, la nuit.

Lavis rehaussé de gouache.

211 — Anvers, la nuit.

Dessin au lavis.

212 — Projet de composition pour le tableau : *le Parlementaire*.

Croquis à la plume.

213 — En observation dans un grenier de Champigny.

Dessin au crayon sur toile.

214 — Troupier sac au dos.

Croquis au crayon.

215 — Fantassin bouclant son sac.

Dessin au crayon.

216 — Feuille de croquis à la plume. 450 —

217 — Troupiers en marche.

Croquis au crayon

218 — Clairon de chasseurs à pied. 360 —

Dessin au lavis.

219 — Entrée du cimetière de Saint-Privat. 400 —

Dessin à la plume.

220 — Stalles de l'église de Saint-Jean-aux-Bois.

Dessin au crayon.

221 — Halte-là !

Dessin à la plume.

222 — Chaumières en ruines.

Dessin au fusain rehaussé de blanc.

223 — Haute futaie.

Dessin au crayon noir rehaussé de gouache.

224 — Église à Anvers.

Dessin au crayon noir rehaussé de gouache.

225 — Escalier d'une maison à Saint-Jean-de-Luz.

Dessin au crayon.

226 — Souvenir de Rouen.

Dessin à la mine de plomb.

227 — Florian en costume du régiment du duc de Penthièvre.

Dessin à la plume et au crayon.

228 — Mobile appuyé sur son arme.

Croquis à la plume.

229 — Dragons étendus sur le champ de bataille. 300

Deux dessins au crayon rehaussés de plume.

230 — Soldat de la ligne s'apprêtant à charger son arme.

Dessin à la mine de plomb.

231 — Soldat de la ligne en faction, tenue de campagne.

Dessin à la mine de plomb.

232 — Tirailleur au pas de charge.

Dessin à la mine de plomb.

233 — Officier en bourgeois. Croquis pour l'ouvrage : *A coups de fusil.*

Dessin à la mine de plomb.

234 — Officier de francs-tireurs.

Dessin à la mine de plomb.

235 — Un convoi de blessés. Croquis pour l'ouvrage : *A coups de fusil.*

Dessin à la plume.

236 — Tambours.

Dessin à la plume.

237 — Traineau attelé.

Dessin à la plume.

238 — Soldats au bastion.

Dessin à la plume.

239 — Officier de marine.

Dessin à la plume.

240 — Convoi de prisonniers. 410 —

Dessin à la plume.

241 — Réunion de croquis à la plume. 350 —

242 — Sur les glacis. 280 —

Dessin à la plume.

243 — Types de l'armée française. 400 —

Réunion de croquis à la plume.

244 — Officier, le képi à la main.

Dessin à la plume.

245 — Cheval nu bridé.

Dessin à la plume.

246 — Officier blessé. 410 —

Dessin à la plume pour le tableau « *Le Bourget* ».

247 — Types de l'armée française. 280 —

Réunion de croquis à la plume.

248 — Souvenirs de la campagne de 1870.

Réunion de croquis à la plume.

249 — Types de l'armée française.

Réunion de croquis à la plume.

250 — Charge de cavalerie.

Dessin à la plume.

251 — Types militaires.

Réunion de croquis à la plume.

252 — Types de l'armée française.

Réunion de croquis à la plume.

253 — Turco en faction.

Dessin au crayon rehaussé de lavis.

254 — Soldats des guides.

Deux dessins à la plume.

255 — Soldat allemand couché.

Types de l'armée allemande.

Deux croquis au crayon et à la plume.

256 — Paysan donnant des renseignements à des officiers français.

Dessin à la plume.

257 — Paysans alsaciens. Croquis pour l'ouvrage : *A coups de fusil.*

Dessin à la plume.

258 — Types de l'armée allemande. Croquis pour l'ouvrage : *A coups de fusil.*

Dessins à la plume.

259 — Dessin à la plume pour le tableau : *Attaque par le feu d'une maison barricadée et crénelée à Villersexel.*

260 — Réunion de croquis à la plume : Types de l'armée française.

261 — Étude de wagon et souvenir de Rouen.

Mine de plomb.

262 — Paysage et deux vues de Besançon.

Trois croquis au crayon.

263 — Types de pêcheurs à Yport.

Trois croquis à la plume.

264 — Souvenirs d'Yport.

Trois croquis à la plume et au crayon.

265 — Souvenirs d'Yport.

Quatre croquis à la plume et au crayon.

266 — Artilleur, costume Ier Empire.

Dessin à la plume.

267 — Officier des guides, Ier Empire.

Dessin à la plume.

268 — Feuille de croquis à la plume.

269 — Sous ce numéro sont comprises : sept feuilles de bristol avec dessins au crayon et à la plume.

ARMES DE GUERRE

COIFFURES MILITAIRES

ET

PIÈCES D'ARMEMENT

CUIRASSES ET COIFFURES

270 — Casque toile blanche (armée des Indes).

271 — Casque, analogue au précédent.

272 — Casque et cuirasse de carabiniers, du temps de Napoléon III.

273 — Cuirasse de carabiniers (1848).

274 — Casque d'officier de dragons, du temps de Napoléon III.

275 — Casque et cuirasse des chevaliers-gardes.

276 — Casque et cuirasse de horse-guards.

277 — Casque et cuirasse d'officier de cuirassiers, du temps de Napoléon III.

278 — Casque de dragon anglais, crin rouge.

279 — Casque de cavalerie anglaise.

280 — Cuirasse d'officier allemand.

281 — Cuirasse, analogue à la précédente.

282 — Casque de garde national à cheval, du temps de la Restauration.

283 — Cuirasse, garde royale, du temps de la Restauration.

284 — Cuirasse de cuirassier, du temps de la Restauration.

285 — Cuirasse d'officier, du temps de la Restauration.

286 — Casque d'officier de dragons, du temps de la Restauration.

287 — Casque d'officier de cuirassiers, du temps de Louis-Philippe.

288 — Casque et cuirasse avec giberne, de cent-gardes, du temps de Napoléon III.

289 — Colback.

290 — Schapska de lancier belge.

291 — Coiffure de hussard, landwehr prussienne.

292 — Casque de dragon prussien.

293 — Coiffure de uhlan.

294 — Casque, garde impériale russe.

295 — Coiffure d'officier de lanciers français.

296 — Forme de schako.

297 — Coiffure de lancier anglais.

298 — Bonnet du régiment Pavlosky, garde impériale russe.

299 — Schapska de lancier autrichien.

300 — Bonnet à poil, garde nationale (1830).

301 — Casque de dragon français.

302 — Casque d'officier de dragons français.

303 — Casquette d'officier de scots-guards.

304 — Casque italien.

305 — Casque saxon.

306 — Casque d'officier de dragons autrichiens.

307 — Casquette de hussard prussien.

308 — Chapeau de chasseur tyrolien.

309 — Schako, garde municipale du temps de Napoléon III.

310 — Schako bavarois.

311 — Casque de grenadier à cheval russe.

312 — Coiffure de lancier russe, de la garde impériale.

313 — Coiffure de uhlan prussien.

314 — Black-Watch, casque pour le Soudan.

315 — Casque de cavalerie anglaise.

316 — Casque analogue au précédent.

317 — Coiffure de lancier bavarois.

318 — Casque d'infanterie bavaroise.

319 — Coiffure d'officier de lanciers français, du temps de Napoléon III.

320 — Bonnet d'infanterie écossaise.

321 — Coiffure d'officier de hussards (de 1885).

322 — Coiffure du train des équipages.

323 — Coiffure d'officier de chasseurs à pied.

324 — Coiffure d'officier d'infanterie de ligne.

325 — Coiffure d'officier d'infanterie autrichienne.

326 — Coiffure d'officier de gardes mobiles.

327 — Coiffure landwehr prussienne.

328 — Coiffure de chasseur saxon.

329 — Coiffure de hussard autrichien.

330 — Coiffure suisse.

331 — Schako prussien.

332 — Schako espagnol.

333 — Schako anglais (Rifle brigade).

334 — Casque prussien.

335 — Coiffure de gendarme russe, de la garde impériale.

336 — Coiffure d'artilleur prussien.

337 — Coiffure d'artilleur prussien, de la garde.

338 — Coiffure d'infanterie prussienne.

339 — Coiffure d'artilleur russe de 1855.

340 — Coiffure de dragon prussien.

341 — Trois coiffures d'infanterie prussienne.

342 — Coiffure de gendarme bavarois.

343 — Trois casques bavarois.

344 — Colbak d'officier de hussards prussiens.

345 — Schako anglais, du temps de 1830.

346 — Coiffure d'officier de hussards anglais.

347 — Coiffure de cosaque de la garde russe

INSTRUMENTS

348 — Cornemuse écossaise de highlander.

349 — Sept clairons et trompettes en cuivre, français, anglais, allemands.

350 — Deux caisses de tambour, l'une française, l'autre russe.

351 — Canne de tambour-maître français.

ARMES

352 — Petit modèle de canon en bronze, monté sur affût en bois et accompagné de son caisson.

353 — Autre petit canon en bronze, monté sur son affût en bois.

354 — Trente-sept fusils, carabines, mousquets, etc., français et étrangers.

355 — Trente-cinq sabres de cavalerie et autres, français et étrangers.

356 — Six épées d'officiers français et autres.

357 — Deux haches de sapeurs.

358 — Onze pistolets.

359 — Trois revolvers.

360 — Un tromblon espagnol.

361 — Cinq sabres-baïonnettes.

ÉTENDARDS

362 — Étendard en soie verte, avec couronne royale et encadrement de fleurs brodées en couleurs. Au centre, médaillon rond en satin ponceau, portant l'inscription : IIᵈ Warwickshire XXIV; au-dessous, *Egypt* et un sphinx brodé; à l'angle supérieur de gauche, les couleurs anglaises, et, à droite et à gauche, divers noms de villes et de pays.

363 — Étendard en soie jaune, portant, au centre, une croix de Malte en velours et broderies d'argent et or surmontée d'une couronne et d'un lion héraldique.

364 — Étendard à bandes sinueuses bleues, jaunes et ponceau.

365 — Étendard à bandes de soie noire, entre deux bandes rosées.

366 — Étendard en soie blanche, avec rayons sinueux noirs garnissant les angles.

367 — Étendard composé de bandes jaunes et ponceau alternant. La hampe se termine par une tourelle en fer blanc doré.

368 — Étendard blanc fleurdelisé, portant les armes de Parme ainsi que les mots : *Le Roi*, en or et couronne de feuilles de chêne peinte en couleurs.

369 — Étendard tricolore en quatre compartiments, portant des fleurs de lys rapportées en soie jaune.

370 — Étendard à fond jaune, portant, sur ses deux faces, une écrevisse et des ornements rapportés en soie ponceau.

371 — Étendard oriental portant de longues inscriptions rapportées en blanc sur fond noir; encadrement vert soutaché de blanc.

372 — Dix lances de lanciers.

373 — Sept fanions français.

374 — Quatre lances et une faux.

OBJETS VARIÉS

375 — Modèle de cheval bridé, grandeur nature.

376 — Deux brides complètes, une française et une allemande.

377 — Coffret d'artillerie d'avant-train.

378 — Un lot de tapis de selles et schabraques, français, anglais et prussiens.

379 — Quatre têtes de chevaux bridées, anglais, français et russes.

380 — Selle de cosaque.

381 — Schabraque et selle d'officier de hussards prussiens.

382 — Selles et fontes de général français.

383 — Schabraque et costume complet avec bottes, de chevalier-garde russe.

384 — Selle d'officier de cavalerie légère.

385 — Selle de troupe, de cavalerie légère.

386 — Selle mexicaine.

(6879). Paris. Imp. Vve Renou & Maulde, 144, rue de Rivoli.

RED. :

23

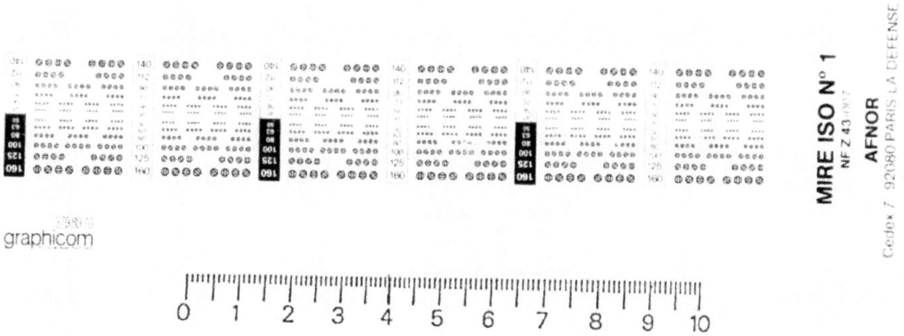

www.ingramcontent.com/pod-product-compliance
Ingram Content Group UK Ltd.
Pitfield, Milton Keynes, MK11 3LW, UK
UKHW020338180726
13839UKWH00002B/781